BIBLIOTHÈQUE THÉATRALE

Auteurs contemporains.

L'ANGE

DU REZ-DE-CHAUSSÉE

VAUDEVILLE EN 1 ACTE

Par MM. COUAILHAC et BOURDOIS.

Prix : 60 centimes.

PARIS

D. GIRAUD ET J. DAGNEAU, LIBRAIRES-ÉDITEURS

18, RUE GUÉNÉGAUD (ANCIEN 24).

1850

L'ANGE

DU REZ-DE-CHAUSSÉE

VAUDEVILLE EN UN ACTE

Par MM. L. COUAILHAC et BOURDOIS

Représenté pour la première fois, à Paris, sur le théâtre du Vaudeville, le 13 octobre 1850.

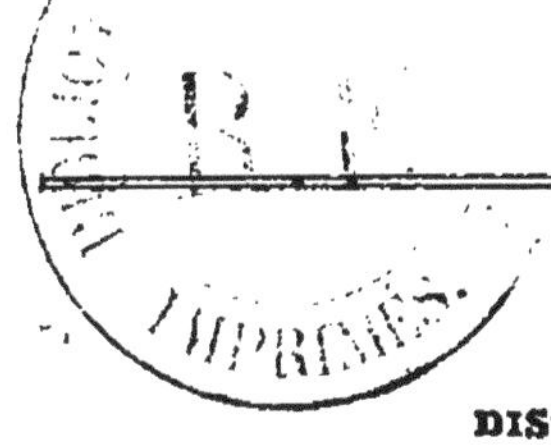

DISTRIBUTION DE LA PIÈCE.

CYPRIEN, courtier d'assurances.	MM. DEVEAU.
GUSTAVE, id.	H. LUGUET.
ANDRÉ, commissionnaire.	CONSTANT.
MADAME PICHARD, portière.	Mmes LAMBQUIN.
MADAME RATIGNOL.	DELILLE.
PRIMITIVE, ouvrière.	CLORINDE.
UN GARÇON DE CAFÉ.	

La scène est à Paris, dans la loge de madame Pichard.

S'adresser pour la musique à M. Taranne, rue Montmartre, 15.

L'ANGE DU REZ-DE-CHAUSSÉE.

Au fond, à gauche, la porte d'entrée. — A droite une croisée. — A gauche, sur le premier plan, une porte.—A droite un poële. — Table. — Chaises.

SCÈNE PREMIÈRE.

CYPRIEN, *à moitié habillé, puis* GUSTAVE.

CYPRIEN, *appelant.*

Madame Pichard, mes bottes... mes bottes... c'est comme si je chantais... Je parie que mon confrère et voisin, M. Gustave, a les siennes depuis deux heures.

GUSTAVE, *paraissant.* *

C'est vrai, collègue, on est botté, brossé, épousseté.

CYPRIEN.

Je crois bien... vous, le Benjamin de la portière...

GUSTAVE.

Vous seriez de même si vous étiez plus moelleux avec le pouvoir qui trône dans la loge, au lieu de lui faire de l'opposition.

CYPRIEN.

Des concessions à madame Pichard?.. jamais!.. Où avais-je la tête quand j'ai fait un bail de neuf ans... dans cette galère?

GUSTAVE, *gravement.*

Ce jour-là, confrère, il fallait imiter Mutius Scevola, ce célèbre locataire de l'ancienne Rome.

AIR de la *Sentinelle.*

Vous connaissez Mutius Scœvola,
Qui mit sa main au fond d'une fournaise,
Sur le motif l'histoire s'égara,
Et, seul, je sais le fait, et j'en suis aise...
Son propriétaire avait droit
De réclamer un bail, la chose est sûre :
Ce fier Romain brûla son doigt,
N'ayant que ce moyen adroit
De refuser sa signature.

' Gustave, Cyprien.

CYPRIEN, *appelle.*

Madame Pichard !... Enfin... voilà au moins André son délégué, son représentant, son brosseur.

SCÈNE II.

LES MÊMES, ANDRÉ. *

ANDRÉ.

Voilà... voilà. J' peux pas être partout à la fois... J'étais à faire vos courses... J' viens vous rendre vos réponses.

CYPRIEN, *apercevant les brosses à souliers, sur une sellette.*

J'aurai plus tôt fait de me servir moi-même.

GUSTAVE, *à part.*

Eh bien ! as-tu vu cette vieille dure à cuire d'usurière?

ANDRÉ.

Oui... je l'ai vue... mais elle n'est pas dure à cuire du tout, du tout.

GUSTAVE.

Alors elle accepte le renouvellement de mon billet de quinze francs, échu hier.

ANDRÉ.

Farceur de monsieur Gustave... *l'usurière* n'accepte pas du tout, attendu que votre billet a été payé à présentation... même que vous aviez laissé l'argent chez la concierge...

GUSTAVE, *à part.*

Moi, j'ai laissé l'argent chez la concierge... je m'en défie bien, par exemple !

CYPRIEN, *s'approchant.*

C'est bien, confrère, de faire honneur à ses petits engagements, je vous assure... (*Il se retire.*)

ANDRÉ, *à Cyprien qui arrange ses souliers... A voix basse.*

La petite voisine... d'en face, se nomme mademoiselle Primitive... elle a primitivement pris le billet doux.

CYPRIEN, *avec fatuité.*

Et qu'est-ce qu'elle a dit...

ANDRÉ.

Elle a dit : Tu remercieras ce monsieur... s'il a des intentions droites, il peut en faire part à ma tante Ratignol à Longjumeau...

---

* Gustave, André, Cyprien.

CYPRIEN.

Tiens, c'est une payse.

GUSTAVE, *à part.*

Qui a pu me faire la farce de payer mon billet? je ne lui rendrai pas la pareille... mais ça m'intrigue.

ANDRÉ, *revenant près Gustave.*

J'ai vu le sergent-major de votre compagnie; je lui ai conté que vous ne pouviez pas monter votre garde, parce que vous aviez mis votre habit bleu aux blancs... manteaux. Va-t'en, menteur, qu'il m'a dit... Le chasseur Gustave a vendu son habillement complet pour mettre l'argent à une quête et soulager de braves gens, c'est connu...

CYPRIEN, *s'approchant.* *

Confrère, c'est très-bien... La main...

GUSTAVE, *à part.*

Qu'est-ce qu'il nous chante-là?...

ANDRÉ.

Le sergent-major a ajouté: C'est la portière, la mère Pichard, qui m'a conté la chose, en me disant que M. Cyprien serait enchanté de monter la garde pour son collègue...

CYPRIEN.

Oh! c'est trop fort, par exemple!

GUSTAVE, *à Cyprien.*

Confrère, la main...(*A part.*) Mon billet soldé!... ma garde escamotée... deux services d'un coup, carambolage de bonnes actions. Plus de doute, c'est madame Pichard qui a joué la bille.

AIR : *Mon logement pour te servir d'asile.*

Quoi, vraiment, un si noble exemple
 Vient d'une loge... sur l'honneur
Cette femme mérite un temple.
 Je vais le bâtir dans mon cœur...
 Ce n'est plus ça, l'argus femelle
Que Dieu donna pour compagne au portier,
 Et c'est pour moi l'ange qui, de son aile,
 Chaque matin balaye l'escalier...

Je veux faire une surprise à l'ange du rez-de-chaussée; c'est aujourd'hui quai aux fleurs... Je cours lui chercher un pot de basilic; c'est le myrte de la démocratie... (*Il sort. André va et vient.*)

* Gustave, Cyprien, André.

Air : *la Pratique abonde.* (Quatre coins de Paris.)

Charmante portière,
Je vais pour te plaire,
T'acheter, ma chère,
    Avec bonheur,
    Une fleur.

ENSEMBLE.

GUSTAVE.

Charmante portière, etc.

CYPRIEN.

Odieuse portière,
Il va pour te plaire,
T'acheter, mégère,
    Avec bonheur,
    Une fleur.

ANDRÉ.

Charmante portière,
Il va pour te plaire,
T'acheter, ma chère,
    Avec bonheur,
    Une fleur.

SCÈNE III.

CYPRIEN , *puis* MADAME PICHARD. *

CYPRIEN.

Monter la garde pour M. Gustave... il ne manque plus que cela... Ah! ça viendra-t-elle, cette madame Pichard; sortira-t-elle de sa boîte à coucher... (*Appelant.*) Madame Pichard!...

MADAME PICHARD.

Eh ben... eh ben... est-ce que le feu est à la maison... est-ce que je suis ici pour être votre martyre, par exemple... est-ce que je me dois à vous seul... J'ai toute ma république à gouverner... oui, monsieur, ma république... une maison est une république, et la portière est le président... à perpétuité...

* André, Cyprien, madame Pichard.

quand elle a su faire son lit avant de s'y mettre... (*Menaçant.*)
Est-ce que par hasard vous auriez l'intention de le défaire mon
lit... qu'est-ce que vous avez à réclamer?...

CYPRIEN.

Je demande mon habit que le tailleur a dû m'apporter...

MADAME PICHARD.

Si on l'a apporté, on le trouvera... votre habit... (*Elle s'assied.*)

CYPRIEN.

Et mon linge...

MADAME PICHARD, *à part.*

Je l'ai depuis avant-hier, même qu'il est très-bien plissé...
Où donc que je l'ai mis déjà... André, où que t'as mis le linge,
de la porte à gauche du troisième...

CYPRIEN.

Vous pourriez bien dire le linge de M. Cyprien.

MADAME PICHARD.

Le linge de la porte à gauche du troisième (*A André qui cherche.*)
Il n'est pas là, c'est celui de M. Gustave, qui est sur le lit...
tiens! le v'là... (*Elle se lève et montre le linge qui était sur sa
chaise.*) Je disais aussi, ma chaise est bien molle aujourd'hui.

CYPRIEN, *en colère.*

Ah! il est dans un bel état... mon linge...

MADAME PICHARD. *

Il est un brin foulé... (*Elle cherche à réparer le désordre, elle
souffle avec sa bouche.*) avec un peu de chaleur, ça reviendra.

ANDRÉ, *montrant la chaise.*

C'était pas la chaleur qui lui manquait.

CYPRIEN, *remet le linge à André.*

Prends ce linge, et porte ça là-haut (*André sort. — A madame
Pichard.*) Et l'habit?

MADAME PICHARD.

L'habit... (*Elle monte sur une chaise, ouvre un placard, d'où
elle tire pêle-mêle plusieurs chiffons; et à la fin elle trouve un habit frippé qu'elle secoue...*) J'ai été trop bonne de le mettre à
l'abri de la poussière...

CYPRIEN.

Comment? c'est çà! il n'y avait qu'à retoucher aux entournures de mon Elbœuf... et celui-ci, c'est un habit retourné...
Je n'ai pas commandé qu'on retournât mon habit... Je vous ai

---

* Cyprien, madame Pichard, André.

dit, vous direz à M. Barbeau que je suis allé dix fois chez lui,
et que je suis fatigué d'y retourner...

MADAME PICHARD.

Je savais bien que vous aviez parlé de retourner... alors il
est possible que j'aie dit de retourner votre habit... V'là-t-il
pas un grand malheur!... Ah! j'oubliais; voilà huit jours que le
porteur du *Constitutionnel* apporte sa quittance.

CYPRIEN.

Oh! c'est trop fort!... Il y a un mois que je n'ai reçu le jour-
nal... j'ai même cru que la censure avait supprimé le *Constitutionnel*...

MADAME PICHARD.

Vos journaux arrivent tous les matins ; la preuve... la v'là...
(*Elle lui montre les journaux hachés,*) Il ne manque que les feuil-
letons... et la politique... (*A part.*) Je les ai découpés pour
monsieur Gustave...

CYPRIEN, *hors de lui.*

Madame Pichard, vous me feriez sortir de mon caractère...
je vous assure...

MADAME PICHARD.

Et vous... vous me feriez sortir de ma place... si je ne savais
pas vous remettre à la vôtre...

AIR :

Quel assommoir, quelle misère!
Ça veut être maitr' de la maison ;
Ça voudrait mener la portière,
J' saurai bien en avoir raison.

CYPRIEN.

Je rentre, je crains ma colère,
C'est agir par trop sans façon ;
Quel malheur d'être locataire
De cette infernale maison!...

(*Il remonte.*)

SCÈNE IV.

MADAME PICHARD.

Prenez donc des mitaines avec monsieur... un être qui ne dit
jamais s'il vous plaît en demandant le cordon... et qui brûle du
charbon de terre exprès pour m'escroquer ma bûche... Ça me

fait penser qu'il faut que je fasse visiter sa cheminée par le fumiste, pour qu'il tâche de la faire fumer...

SCÈNE V.

PRIMITIVE, MADAME PICHARD, *puis* GUSTAVE. *

PRIMITIVE.

Tiens, c'est vous, madame Pichard... qui tenez cette porte?

MADAME PICHARD.

Mais oui, ma petite Primitive... Comment c'est toi... qui es par ici... le hasard t'amène... c'est du neuf!

PRIMITIVE.

Je venais demander à la concierge la permission de placarder sur la porte une affiche pour avoir des ouvrières... Je vais m'établir.

MADAME PICHARD.

Placarde... placarde... mon enfant!... A la bonne heure! toi, tu connais les convenances... tu t'adresses à la concierge... tu reconnais les autorités... Tu veux donc t'afficher aussi, toi?...

PRIMITIVE.

Voilà... (*Elle lit.*) On demande des ouvrières qui soient depuis longtemps dans le corset... S'adresser rue des Vieilles-Étuves, numéro vingt-deux, au deuxième sur le devant, chez mademoiselle Primitive...

MADAME PICHARD.

Rue des Vieilles-Étuves, vingt-deux, en face d'ici...

PRIMITIVE.

Je suis votre voisine... depuis hier.

MADAME PICHARD.

Ah ben! je te donnerai ma pratique... Justement, j'ai un corset qui a beaucoup fatigué...

PRIMITIVE, *regardant à la cantonade.*

Tiens, un monsieur qui a déposé des fleurs sur votre fenêtre.

MADAME PICHARD, *à part avec fatuité.*

C'est monsieur Gustave qui fait encore des siennes...

PRIMITIVE.

Est-ce que c'est votre fête, madame Pichard?

* Primitive, madame Pichard.

MADAME PICHARD.

C'est toujours la fête de la portière quand elle a affaire à des locataires bon genre...

PRIMITIVE.

Ah! c'est un locataire... Il n'est pas mal... C'est peut-être celui qui m'a décoché une déclaration.

MADAME PICHARD.

Mademoiselle Primitive... allez coller vos affiches.

PRIMITIVE.

A revoir, madame Pichard, (*A part.*) Il est gentil ce locataire... c'est un beau brun... (*Primitive sort.*)

MADAME PICHARD, *allant à Gustave.* *

Monsieur Gustave, je ne veux pas que vous fassiez des folies pour moi... (*Sentant les fleurs...*) Ça sent bon... mais...

GUSTAVE.

Madame Pichard... vous ne pouvez repousser cette monnaie de Flore...

MADAME PICHARD.

Air :

Ange, ici bas, par la philantropie,
  Poétisant votre métier,
Vous consignez pour moi la jalousie,
  Vous renvoyez le créancier.
Je n' crains plus d'heure chagrine,
Et de ma vie écartant les rigueurs,
Quand vous ôtez avec soin chaque épine,
  Je vous dois au moins quelques fleurs.

Est-il gracieux!... Non... non vrai, monsieur Gustave... le basilic me porte aux nerfs, je l'aime bien... mais il me porte... la verveine, je ne dis pas...

GUSTAVE.

Eh bien! va pour la verveine... (*Criant.*) Enlevé le basilic, la verveine demandée... (*Il sort en courant.*)

MADAME PICHARD.

Il n'y a rien à lui dire... Dieu! que cet être-là est entraînant!..

Air : *Moi, né dans Mozambique.*

Je dis foi de portière,
Que je suis vraiment fière,

____
* Madame Pichard, Gustave.

Qu'un locataire si bon
Habite ma maison.
Lorsque mon coucou sonne
Une heure après minuit,
Pour n'éveiller personne,
Il ne revient pas d' la nuit,
Qu'il est gentil, qu'il est galant!
Ah! qu'il est bon, qu'il est charmant!

Et puis, ça a le cœur sur la main... Si ça achète deux voies de bois, ça en donne une à sa portière... Ça ne mangera jamais un artichaut à la poivrade, sans m'offrir les premières feuilles et un peu du fond... Quand il reçoit de sa famille une poularde, il m' donne les abattis, et il me fait sentir les truffes.

Sachant que j' suis coquette,
Et très-frileuse en plus,
I' m' fit don d'un' chauffrette
Avec mon chiff' dessus...
J' lui servirai toujours d'appui...
Je me ferai brûler pour lui. (*Bis.*)
Pour des gens comme ça,
On s'enflammera.
Ah! ah! ah!
Dieu, des gens comme ça,
On a toujours de ça...
V'là!

SCÈNE VI.

MADAME PICHARD, MADAME RATIGNOL, *avec un parapluie rouge sous le bras.* *

MADAME RATIGNOL.

Ils ont bouleversé tous les numéros des rues... impossible de retrouver ma nièce... Voyons si je serai plus heureuse dans mes recherches masculines, et si je découvrirai le nommé Cyprien... Est-ce à madame la concierge du 22 que j'ai l'honneur de parler?

MADAME PICHARD.

Nouveau 22, madame, les deux cocottes... ci-devant 77, les

* Ratignol, Pichard.

deux béquilles, comme nous disons au loto... Si c'est pour un
logement que madame vient.

MADAME RATIGNOL.

Non ! non, mon mari Joseph Ratignol à sa cote à Longjumeau. Je viens tout simplement vous demander, si vous n'avez
pas pour locataire... un employé aux assurances...

MADAME PICHARD.

Nous en tenons... elle veut se faire assurer. (*A part.*) Je vais
tâcher de procurer cette affaire à monsieur Gustave.

MADAME RATIGNOL.

La personne que je cherche, se nomme...

MADAME PICHARD.

Je la connais parfaitement. (*Bas.*) Le nom ne fait rien à l'af·
faire.

MADAME RATIGNOL.

Moi, je ne la connais pas encore... mais je brûle de la con-
naître... car je lui apporte une affaire d'or, si toutefois mon
inconnu mérite la confiance, l'estime, la considération...

MADAME PICHARD.

Il mérite tout, madame... il mérite tout... c'est une perle...
une crème.

AIR : *Qui me prendrait ce que je porte.*

Le champagne dont la mousse égare,
Le fiacre à l'heure et le tabac,
Le lansquenet et clichy square,
Le punch au kirsch, au rhum, au rac,
La table d'hôte et la roulette,
Les canotiers et la polka,
Le train d' plaisir et la lorette,

(*Etonnement de madame Ratignol.*)

Il ne connaît rien de tout ça.

MADAME RATIGNOL.

Vous m'avez fait peur... mais vous m'enchantez.

MADAME PICHARD.

Vous ne le serez jamais assez enchantée.

MADAME RATIGNOL.

Ce jeune homme est-il chez lui ?...

MADAME PICHARD.

Pas pour le moment... il fait la place... (*A part.*) Le Cyprien
y est, mais bernique pour lui... (*On entend appeler : madame Pi-*

chard... de l'eau!...) On y va... Ce Cyprien ne peut pas rester une minute sans réclamer quelque chose... Montons, car s'il descendait... tout se gâterait peut-être... (*On crie de nouveau : de l'eau filtrée!...*) On t'en pompera... on y va... (*A madame Ratignol..*) Excusez-moi, madame, je me dois avant tout à mes locataires... Soyez assez bonne pour garder ma loge... il n'y a pas grand'chose à faire... le cordon ne se tire qu'à la crépuscule... (*Elle sort.*)

SCÈNE VII.

MADAME RATIGNOL, *puis* GUSTAVE.

MADAME RATIGNOL, *elle met son parapluie sous le bras gauche.*

On ne se doute pas à Longjumeau que je suis portière par intérim à Paris... on me croit dans ce moment en conférence avec ma nièce dont je ne trouve aucune trace sur le macadam et on me suppose en négociation avec l'agent d'assurance. Cyprien, qui ne se doute même pas que je veux faire de lui mon neveu... c'est très-adroit... (*Elle met son parapluie sous le bras droit.*)

GUSTAVE, *portant un objet enveloppé dans du papier qui a la forme d'un bouquet.*

Voici le bouquet seconde édition... j'ai substitué à la verveine, un canard à la broche. (*Il ouvre l'enveloppe.*) Je l'ai cueilli chez le rôtisseur... madame Pichard ne méprise pas les parfums cuits... mettons mon bouquet en serre chaude. (*Il ouvre un buffet.*)

MADAME RATIGNOL, *l'arrétant.* *

Halte là... monsieur, je suis de planton ici, comme nous disons dans la garde nationale de Longjumeau...

GUSTAVE, *étonné.*

Madame... sentinelle, ne craignez rien, je fais partie du mobilier de la maison... Locataire au troisième étage, garde national, exécutant des solos de triangle, électeur par la grâce de ma portière qui m'a donné un certificat de domicile, et agent d'assurances quand l'occasion et le client se présentent...

MADAME RATIGNOL, *avec intérêt.*

Monsieur est dans les assurances.

GUSTAVE.

S'agit-il de vous assurer?.. En payant seulement cent soixante

---

* Gustave, Ratignol.

francs par an, à l'âge de cent cinquante-cinq ans, demoiselle
ou veuve, vous êtes assurée d'une dot de vingt centimes.

MADAME RATIGNOL.

Je connais cette combinaison mathématique... je la propage,
mais je n'en use pas, étant en puissance de mari... Je ne viens
pas pour cela... (*A part.*) C'est mon homme, dissimulons avec
lui.

GUSTAVE.

Le propriétaire vous envoie peut-être comme administratrice
de sa maison, pour percevoir les termes échus? j'en dois six.

MADAME RATIGNOL.

Vous devez six termes, jeune homme?

GUSTAVE.

Pour payer, j'attends qu'une loi diminue les loyers... et qu'elle
ait un effet rétroactif...

MADAME RATIGNOL.

Vous avez donc des créanciers?

GUSTAVE.

Si je vous cède la moitié des miens, et qu'il m'en reste soi-
xante-trois, devinez combien j'en possède...

MADAME RATIGNOL.

Tant que ça?... Grand merci?... (*A part.*) Qu'est-ce qu'elle me
disait donc cette portière, que c'était le garçon le plus rangé de
l'arrondissement?

GUSTAVE, *gravement.*

Il y a un grand problème social à résoudre, c'est l'organisa-
tion de la vie de plaisir à bon marché... Je crois qu'il faudrait
débuter par l'extinction de la friandise chez les femmes... c'est
effrayant ce qu'elles consomment... quand elles ne paient pas
la carte.

MADAME RATIGNOL.

Il paraît que vous la passez douce, mon gaillard.

GUSTAVE.

Mais oui... la petit' maman...

MADAME RATIGNOL, *à part.*

Quel air dégagé!..

GUSTAVE.

AIR des *Premières armes du diable.*

Balader, chanter,
Boire sans compter ;
Toujours en bonbance,
Voilà l'existence,

Que dans l'assurance
On sait s'assurer.

Le vin, la danse, la folie,
Les amours,
Viennent prêter à notre vie
Bon secours.
C'est à Mabille, à la Chaumière
Lestement,
Que chacun fait à sa manière
Son roman.
Sans cesse on ajoute à l'ouvrage,
C'est sans fin ;
On met au bas de chaque page :
A demain !

Balader, chanter, etc.

Je m'en suis vraiment pour mon âge,
Bien donné.
Dans ce rapide et gai voyage,
Entraîné ,
J'ai su trouver, coûte que coûte,
Chemin doux ;
Brisant du talon, sur la route,
Les cailloux ;
Et lorsque l'omnibus suprême
Sera prêt,
Je crierai sans souci, moi-même,
Com-omplet !

Balader, chanter, etc.

MADAME RATIGNOL, *à part.*

Balader... chanter... décidément... c'est un très-mauvais sujet... joli garçon... mais viveur...

SCÈNE VIII.

LES MÊMES, MADAME PICHARD. *

MADAME PICHARD, *à madame Ratignol, montrant Gustave d'un air
satisfait.*

Ah ! vous l'avez vu?... vous avez causé avec lui?

* Gustave, madame Pichard, Ratignol.

GUSTAVE, *à part, étonné.*

Elle la connaît!...

MADAME RATIGNOL, *d'un air mécontent.*

Oui... oui... j'ai causé avec lui.

MADAME PICHARD, *étonnée.*

Comme vous me dites ça!...

GUSTAVE.

Je narrais à madame, qui me paraît venir de très-loin, toutes les fanfreluches de la vie parisienne... je lui dessinais en raccourci les arabesques dont nous brodons l'existence.

MADAME PICHARD, *bas.*

Mais, malheureux, taisez-vous donc!

GUSTAVE, *à part.*

Qu'est-ce qui lui prend?..

MADAME RATIGNOL, *bas à madame Pichard.*

Ils sont jolis vos renseignements!...

MADAME PICHARD, *riant.*

Ils sont la pure vérité.

GUSTAVE, *étonné.*

Qu'est-ce qui est la pure vérité?...

MADAME RATIGNOL.

Monsieur vient de me dire...

MADAME PICHARD, *vivement.*

Des bêtises...

MADAME RATIGNOL.

Comment, des bêtises!

GUSTAVE.

Comment, des bêtises!.. (*Se rebiffant.*) madame Pichard!

MADAME PICHARD.

Eh oui! (*Bas à Gustave.*) dites comme moi! Cette dame vient ici vous proposer une affaire d'or.

GUSTAVE.

Oh! (*A part.*) Une affaire d'or, c'est peut-être l'usurière.

MADAME PICHARD, *à Ratignol.*

Il est pétri d'esprit... il en a jusqu'à la pointe des bretelles... Il aura plaisanté (*Bas à Gustave.*) Dites comme moi...

GUSTAVE.

Oui... oui... j'ai plaisanté... je plaisante toujours moi...

MADAME RATIGNOL.

Cependant...

MADAME PICHARD.

Il vous aura monté des couleurs... il est membre d'une so-

ciété de rapins dans laquelle on paye dix francs d'amende...
quand on dit une vérité... Il aura cru parler à une lorette...

MADAME RATIGNOL.

Concierge !...

MADAME PICHARD.

Mais il voit bien qu'il se trompait. Avouez donc... jeune
homme... et ne faites pas aller une dame respectable...

MADAME RATIGNOL.

Qui ne connaît, Dieu merci, ni Mabille ni la Chaumière.

MADAME PICHARD.

Mais ni lui non plus, madame... Imaginez-vous que ça n'a
jamais mis le pied dans un bal.

GUSTAVE, *à part.*

Avec un faux nez.

MADAME PICHARD.

Ça ne dépense pas mal à propos un monaco.

GUSTAVE, *à part.*

Parce qu'il n'a pas cours.

MADAME PICHARD.

Et s'il y avait des rosières parmi les hommes... comme dans
notre sexe... il serait rosier...

MADAME RATIGNOL.

Vous croyez qu'il serait rosier?...

MADAME PICHARD.

J'en mettrais votre main au feu.

MADAME RATIGNOL. *

Monsieur, je vous pardonne cette facétie. . d'abord parce-
que je n'ai pas cru... une syllabe de ce que vous m'avez dit...
je sais que vous êtes un charmant garçon.

GUSTAVE.

Vraiment...

MADAME RATIGNOL.

J'ai fait semblant de vous croire un mauvais sujet... je vous
ai mystifié...

MADAME PICHARD.

Ah! monsieur Gustave qui est dedans!... ah ! c'est bien fait!..
ça le guérira de la manie qu'il a de se faire passer pour un no-
ceur...

UN GARÇON DE CAFÉ.

Monsieur Gustave, on va commencer la poule à l'estaminet;
vous avez l'as!... (*Il sort*).

---

* Gustave, madame Ratignol, madame Pichard.

GUSTAVE, *étourdiment.*

Bon!...

MADAME RATIGNOL, *étonnée.*

Comment?

MADAME PICHARD, *à part.*

Aïe!... aïe!...

GUSTAVE, *à part.*

Je me suis trahi!...

MADAME RATIGNOL.

Vous allez jouer la poule à l'estaminet?...

MADAME PICHARD.

C'est par fraternité... c'est une poule au bénéfice des Polonais...

MADAME RATIGNOL, *avec enthousiasme.*

Au profit des Polonais?... allez, Monsieur... volez... (*Il sort.*) Oh! la Pologne!... la Pologne!...

MADAME PICHARD.*

Seriez-vous polonaise?...

MADAME RATIGNOL.

Non, mais j'ai chez moi la gravure de Poniatouski... (*A part.*) Allons faire une seconde tournée pour retrouver ma nièce. (*A madame Pichard.*) A bientôt, portière... à bientôt.

MADAME PICHARD.

Ah ça, mais dites-moi donc un peu de quoi qu'il retourne?..

MADAME RATIGNOL.

Vous le saurez... dès le moment que vous me répondez de... le nom m'échappe...

MADAME PICHARD.

De... le nom ne fait rien à l'affaire... mais j'en réponds comme de moi-même... bien plus encore!...

SCÈNE IX.

LES MÊMES, PRIMITIVE.

PRIMITIVE.

Mon Dieu! mon Dieu! que c'est taquinant, v'là trois fois qu'on arrache mon affiche.

MADAME RATIGNOL.**

Que vois-je!... ma nièce!...

* Ratignol, madame Pichard.
** Primitive, Ratignol, madame Pichard.

PRIMITIVE.

Tiens! ma tante de Longumeau!...

ENSEMBLE.

Air : *Il me faut du courage.* (Marié au second, acte 1ᵉʳ.)

MADAME RATIGNOL.

Sans courir davantage,
Je trouve ma nièce en ces lieux
Quand je perdais courage ;
Ah ! cela tient du merveilleux !

PRIMITIVE.

Sans attendr' davantage
Je trouve ma tante en ces lieux.
Elle perdait courage ;
Ah ! cela tient du merveilleux.

MADAME PICHARD.

Sans courir davantage,
Ell' trouve sa nièce en ces lieux !
Faut jamais perdr' courage ;
Ah ! cela tient du merveilleux !

MADAME RATIGNOL, *embrassant Primitive.*

Ma chère nièce.!.. je disais aussi... il y a dans cette tournure
une forme de famille...

MADAME PICHARD.

En v'là une rencontre !

MADAME RATIGNOL, *l'embrassant encore.*

Ah ! ça, j'ai de grandes nouvelles à t'apprendre... Ta position
sociale se transforme. Il te tombe un héritage, celui de ta cou-
sine Birotteau!... Cinquante mille francs.... rien que ça!...

MADAME PICHARD.

Cinquante mille francs!...

PRIMITIVE.

Dieu !...

MADAME RATIGNOL.

Tu vas te marier... il faut que tu sortes du corset.

PRIMITIVE.

Je n' demande pas mieux, ma tante...

MADAME RATIGNOL.

Nous avons sous la main ce qu'il te faut... un jeune homme... très-bien, qui fonctionne... dans les assurances... (*A madame Pichard, bas et souriant.*) Hein?.. y sommes-nous à présent, con- cierge ?

MADAME PICHARD.

Comment! cette affaire magnifique pour lui... ce serait...

MADAME RATIGNOL.

Oui, portière... c'est ça...

MADAME PICHARD, *à part, prenant la main de madame Ratignol, très-émue.*

Ça va plus loin que je ne croyais... Ma foi, au petit bonheur... la chance peut nous servir... (*Haut.*) Madame chose, ce n'est pas pour vous vanter, mais je puis dire que vous avez la main heu- reuse.

SCÈNE X.

LES MÊMES, GUSTAVE.

GUSTAVE, *portant une queue d'honneur.*[*]

Deux blocs au même... et enlevé la poule!... Permettez-moi, madame Pichard, de vous offrir la cravatte de la queue d'hon- neur...

MADAME PICHARD.

Offrez vos rubans à la Providence qui se présente sous le chale de Madame... dont vous allez devenir le neveu...

MADAME RATIGNOL.

Oui, jeune homme...

MADAME PICHARD, *bas.*

Nous vous marions... Cinquante mille de dot...

GUSTAVE, *abasourdi.*

Ah! fichtre !...

PRIMITIVE.

Ça doit être le jeune homme à la lettre... Comme ça se trouve...

MADAME RATIGNOL.

Jeune homme... vous allez devenir un Ratignol... de la bran- che cadette... A propos, mon neveu futur... j'ai bien des choses à vous dire de la part de votre famille, nous causerons de cela plus tard.

---

* Primitive, Ratignol, Gustave, madame Pichard.

GUSTAVE.

Plus tard... ça vaudra mieux...

MADAME RATIGNOL.

J'ai promis aux grands parents de faire faire le contrat en arrivant.... Donnez-moi vos papiers, jeune homme... pour l'orthographe des noms.

GUSTAVE.

Je les ai toujours sur moi. (*A part.*) Le Mont-de-Piété est si curieux...

MADAME RATIGNOL.

Je vais faire esquisser l'acte par mon huissier, en attendant que le notaire y passe... Mon huissier s'est marié six fois, il est compétent...

MADAME PICHARD, *prenant un panier.**

Si Madame veut le permettre, je préparerai le repas des fiançailles... L'appartement du second est libre... c'est là que nous ferons les accordailles... Je vais aller à la provision; je ferai du veau aux carottes avec des petits oignons. Pendant notre absence les fiancés garderont la loge... Ce sera drôle... Moi je fais toujours garder ma loge... je ne suis pas fière.

GUSTAVE.

Je garderai tout ce qu'on voudra... je suis accommodant.

MADAME RATIGNOL.

AIR :

Quand une jeunesse
Doit bientôt fair' serment si doux,
Il faut qu'elle connaisse
Celui qui sera son époux.

SCÈNE XI.

GUSTAVE *et* PRIMITIVE.**

GUSTAVE, *à part.*

Je ne comprends pas grand' chose à tout cela... C'est égal, profitons d'un rayon de la lune de miel... (*Haut.*) Mademoiselle...

---

* Primitive, Ratignol, madame Pichard, Gustave.
** Primitive, Gustave.

PRIMITIVE.

Monsieur...

GUSTAVE.

J'ai une demande préliminaire à vous faire...

PRIMITIVE.

Laquelle, monsieur?

GUSTAVE.

C'est de me permettre d'embrasser ma femme...

PRIMITIVE.

Je craindrais de déplaire à ma tante en vous refusant. (*Il l'embrasse.*)

GUSTAVE.

Si nous cherchions encore une fois à ne pas déplaire à cette chère tante... (*Il l'embrasse de nouveau.*) Maintenant, je pense qu'une tante si bonne serait attristée si elle ne voyait pas sa nièce chercher à lui plaire... en offrant à son tour ce qu'elle a reçu.

PRIMITIVE.

Ah ! monsieur, je n'oserais jamais.

GUSTAVE.

Fermons les yeux... allons... Eh bien!... Si vous préférez, je vais fermer les miens... Obscurité complète...... le baiser à la Bélisaire... Eh bien!... eh bien!... je ne vois rien venir... je je suis comme sœur Anne... Il faut donc que je prête encore... Mais prenez garde d'emprunter trop... vous auriez trop à rendre... Je suis un homme de banque, moi!

Air : de *Fanchon*.

Trois baisers que je place,
Quand sur eux le temps passe
Par un cours souvent exposé ;
Un jour, grâce à l'escompte,
Font cent baisers, total posé,
Cela se nomme un compte
D'intérêt composé.

PRIMITIVE.

Je ne suis pas forte sur les calculs. . surtout sur le calcul d'intérêts.

GUSTAVE.

J'espère que nous ne resterons pas en déficit pour tous les autres articles du budget; par exemple, pour la polka, la redowa... Redowez-vous?

PRIMITIVE.

Je redowe...

GUSTAVE.

Elle redowe !.. Conjuguons-en une... (*Il la fait danser.*)

AIR : *Léonie*. (Père nourricier.)

Anime-nous, ô ma danse !
Rédowa !
Vive on s'élance
Comme ça !
Puis on glisse en cadence,
Tra la la,
On se balance,
Tra la la !

(*Sur place.*)

Nous serons dans le ménage,
Amoureux ;
Pas de nuage,
Jours heureux !
Car nos deux pas que rassemble
L'accord,
Marchent ensemble
Sans effort.

(*Ensemble en dansant.*)

Anime-nous, belle danse
Redowa,
Vive, etc., etc.

SCÈNE XII.

LES MÊMES, MADAME PICHARD.

MADAME PICHARD, *paraissant dans le fond un morceau de veau à la main.*

Delicieux !... charmants !... ils sont à croquer !... (*Posant son morceau de veau sur une chaise.*) Je veux sauter aussi, moi.

GUSTAVE.

Allons... la mère Pichard... en avant !...

REPRISE.

Anime-nous, belle danse
Rédowa,
Vive, on s'élance, etc., etc.

GUSTAVE, *lâchant madame Pichard, et reprend Primitive.*

Et allez donc!...

MADAME PICHARD, *tombant sur une chaise, s'asseoit sur son veau.*

Ouf! je n'en puis plus!

SCÈNE XIII.

LES MÊMES, MADAME RATIGNOL, *furieuse; elle tient à la main les papiers de Gustave.* *

C'est une horreur!... c'est une infamie!... Dieu!... il se tortille avec ma nièce... (*Elle les sépare violemment.*) Veux-tu bien cesser cette arlequinade, faussaire?...

GUSTAVE *et* MADAME PICHARD.

Faussaire!...

MADAME RATIGNOL.

Et vous aussi, intrigante du rez-de-chaussée!...

MADAME PICHARD.

Intrigante!...

GUSTAVE.

Qu'est-ce que ça signifie?

MADAME RATIGNOL.

Ça signifie que je vous rends vos papiers; vous ne serez jamais mon neveu... je n'ai que ça à vous dire.

PRIMITIVE.

Ciel!...

MADAME RATIGNOL.

Fort heureusement que l'huissier a examiné ces papiers avant qu'ils franchissent le seuil du notaire... Dieu! si le notaire y avait passé!...

GUSTAVE.

Mais, enfin, dites-nous au moins?...

* Primitive, Ratignol, Gustave, madame Pichard.

MADAME RATIGNOL.

Qu'est-ce que j'ai demandé à madame?... j'ai demandé un locataire aimable et spirituel...

GUSTAVE.

Présent!...

MADAME PICHARD.

Eh bien!... je vous ai peut-être donné de la gnognote?...

MADAME RATIGNOL.

Mais j'ai demandé un Cyprien!...

MADAME PICHARD.

Un Cyprien!...

MADAME RATIGNOL.

Et vous m'avez livré un Gustave!... vous m'avez fourni de la contrefaçon...

GUSTAVE.

Ah! je commence à comprendre!... elle a opéré une substitution de fiancé!...

MADAME RATIGNOL.

Jamais ma nièce ne sera madame Gustave.

GUSTAVE, *à part.*

Merci! on n'a plus besoin de moi...

MADAME RATIGNOL.

Heureusement que Primitive n'a pas eu le temps de s'attacher à ce faux Martin Guerre; n'est-ce pas, ma nièce, que tu ne t'es pas attachée?...

PRIMITIVE.

Mais si, ma tante... je m'attachais...

MADAME PICHARD.

Cette petite commençait à se toquer... c'est tout simple...

MADAME RATIGNOL.

Elle se détoquera...

PRIMITIVE, *pleurant.*

Ah! ah! ah!...

MADAME RATIGNOL.

Veux-tu bien ne pas pleurer...

PRIMITIVE.

Je sens que je vais me trouver mal.

GUSTAVE.

Ça me flatte... Ah! mon Dieu! elle tombe en syncope...

MADAME RATIGNOL, *à Gustave.*

C'est une affaire de famille... retirez-vous... ça ne vous regarde pas.

PRIMITIVE.

Ah!... ah... ah...

MADAME PICHARD.

Portez-la dans ma chambre à coucher...

MADAME RATIGNOL.

Où prenez-vous votre chambre à coucher?

MADAME PICHARD, *montrant sa chambre.*

La première soupente à main droite.

MADAME RATIGNOL, *à Gustave.*

Mais retirez-vous donc, monsieur... votre présence ici est in... convenante... Si ma nièce ne vous trouvait pas bien... elle ne se trouverait pas mal... (*Elle entraîne sa nièce dans la chambre.*)

MADAME PICHARD.

Du vinaigre! où est ma bouteille des quatre-voleurs... (*Flairant.*) Ce n'est pas celle-là.... c'est mon cassis (*Elle boit un coup et prend une autre bouteille.*) Ah ! la v'là. (*Elle sort.*)

SCÈNE XIV.

GUSTAVE, *puis* CYPRIEN.[*]

GUSTAVE.

Allons !... voilà mon mariage flambé. . La bonne fortune s'en va comme elle était venue. . à la vapeur.

CYPRIEN, *descendant en manches de chemise.*)

J'ai à midi précis une assurance à faire... Je suis obligé de mettre les pouces et de retourner à mon habit retourné,.. (*Il prend son habit.*)

GUSTAVE.

Pommadez-vous, bichonnez-vous, frisottez-vous, confrère ; vous allez être le plus heureux des hommes!

CYPRIEN.

Moi?...

GUSTAVE.

. Je n'ai que ça à vous dire, et je vais fumer... ma position morale l'exige...

CYPRIEN.

Qu'est-ce qu'il me chante? qu'est-ce qu'il me chante?...

MADAME RATIGNOL, *revenant.*

Elle commence à revenir un peu.

GUSTAVE, *sur le pas de la porte.*

Sans rancune, monsieur Cyprien!... (*Il s'en va.*)

[*] Cyprien, Gustave.

SCÈNE XV.

MADAME RATIGNOL, CYPRIEN.

MADAME RATIGNOL, *à part.* *
Cyprien! je tiens mon homme!

CYPRIEN, *à part.*
Sans rancune!... De quoi?...

MADAME RATIGNOL, *à Cyprien.*
Monsieur, donnez-moi, je vous prie, vos papiers.

CYPRIEN.
Mon passeport?...

MADAME RATIGNOL.
Non, monsieur; je ne suis pas un commissaire... donnez-moi la preuve que vous êtes né... Si vous l'aimez mieux, donnez-moi votre acte de naissance. Je ne tiens pas à savoir si vous avez été vacciné... Dépêchons... dépêchons...

CYPRIEN.
J'ai justement mon portefeuille sur moi... Vous comprenez... dans les affaires...

SCÈNE XVI.

LES MÊMES, MADAME PICHARD, PRIMITIVE.

MADAME PICHARD, *entrant en soutenant Primitive.*
Du courage, mon enfant...

CYPRIEN.
Voilà les papiers demandés.

MADAME PICHARD.
Ses papiers?...

MADAME RATIGNOL, *à sa nièce en lui montrant Cyprien.* *
Voilà ton vrai futur... ne regarde plus l'ancien que comme une ombre...

PRIMITIVE.
Ma tante, je crois que j'aimais mieux l'ombre...

MADAME PICHARD.
Pauvre petite! ma foi, en avant les grands moyens.. (*A Gustave qui entre en bourrant sa pipe.*) Monsieur Gustave, nous ne

* Ratignol, Cyprien.

sommes pas encore capots... Je vais mettre les pieds dans le plat et manger le morceau... il y a assez longtemps qu'il est là... qu'il m'étouffe... ouf!...

MADAME RATIGNOL.[*]

Faites une pause .. le tribunal le permet...

MADAME PICHARD, *montrant Cyprien.*

Je vous signale ce monsieur, comme un individu plus que suspect... il a des comptes à rendre à la police... C'est un homme qui à une certaine époque a fait sa pelotte et a tiré son épingle du jeu...

CYPRIEN.

J'ai fait ma pelotte?

MADAME PICHARD.

Vous avez fait votre pelotte en février...

CYPRIEN.

Moi !

MADAME PICHARD.

Vous ne me faites pas peur... Je dirai tout... Vous vous êtes glissé dans le palais du Gouvernement... pour y faire le... (*Elle tire de sa poche un mouchoir blanc.*)

MADAME RATIGNOL, *tirant son mouchoir bleu.*

Comment, monsieur, aurait fait le...

CYPRIEN, *tirant son mouchoir rouge.*

Comment ! j'aurais fait le...

GUSTAVE.

Tricolore !

CYPRIEN.

Je ne comprends pas...

PRIMITIVE, *à part.*

C'est dommage... je commençais à le préférer...

MADAME PICHARD, *allant à une armoire, apporte un paquet qu'elle déroule.*

Tenez, tenez, voici ce que j'ai découvert, sous le coussin du divan de Monsieur, le lendemain de la prise des Tuileries... un mouchoir... marqué L... P...

CYPRIEN.

Qu'est-ce que ça signifie?

MADAME PICHARD.

Comment, monsieur... Qu'est-ce que ça signifie... (*Elle parle bas à madame Ratignol.*)

[*] Primitive, Cyprien, Ratignol, madame Pichard, Gustave.

MADAME RATIGNOL.

Comment, monsieur, vous vous êtes emparé d'une propriété nationale!.. voilà vos papiers!... (*Elle les lui rend et tend la main à Gustave.*)

PRIMITIVE, *qui s'est approchée.*

Ça une propriété nationale... mais c'est mon mouchoir marqué de mes lettres majuscules L... P... Louise Primitive... Je l'ai perdu la veille de la Révolution, à la Chaumière...

CYPRIEN.

C'est là où je l'ai trouvé.

MADAME RATIGNOL.

Mais alors tout s'explique...

MADAME PICHARD, *à part.*

Nous avons le dessous... mais il a encore sept ans de bail et j'aurai le temps de lui rendre la monnaie de sa pièce...

SCÈNE XVII.

LES MÊMES, ANDRÉ.

ANDRÉ.

Ah ben!... ah ben!... en v'là une nouvelle!... Le sergent de ville de service vient de me dire de chercher un autre coin de rue pour ma station de commissionnaire... parce que votre maison v'a s'en aller, madame Pichard; elle est condamnée à être abattue pour cause de salubrité...

MADAME PICHARD.

Le 22 abattu!... les monstres!... ils ne respectent plus rien... c'est à devenir rouge... de colère...

CYPRIEN.

Quel bonheur! mon bail est rompu!...

MADAME PICHARD.

Abattu pour cause de salubrité! on a trompé le Gouvernement; je veux aller lui montrer l'échantillon de la santé dont on jouit au rez-de-chaussée... par là il jugera du reste,..

GUSTAVE.

Consolez-vous, madame Pichard... je trouverai une loge pour moi et un logement pour vous, c'est-à-dire un logement pour moi et une loge pour vous... c'est de l'assurance mutuelle...

MADAME PICHARD.

Et moi je vous trouverai une femme qui ne perdra pas son mouchoir... à la Chaumière... (*Elle parle bas.*)

MADAME RATIGNOL, *prenant les papiers de Gustave.*

Monsieur Cyprien, vos papiers... c'est leur dernier voyage...

PRIMITIVE.

Ma tante, je crois que j'aimerais mieux à présent ..

MADAME RATIGNOL, *bas.*

Taisez-vous, petite allumette chimique!.. Qu'est-ce? madame Pichard marmotte encore?...

MADAME PICHARD.

Je récitais à monsieur Gustave, ce vers que j'ai entendu jadis à la comédie :

« L'amitié d'une portière est un bienfait des cieux... »

CHOEUR.

Final de Riche d'Amour.

Pour être heureux sur terre,
Il faut être surtout,
Bien avec sa portière,
Et se moquer de tout !

FIN.

Poissy. — Typographie ARBIEU.